U0608977

中国诗人

萧习华

—著—

XIAN●
献
SHI●
诗
HUO●
或
SONG●
颂
CI●
词

北方联合出版传媒（集团）股份有限公司
春风文艺出版社
·沈 阳·

图书在版编目（CIP）数据

献诗或颂词 / 萧习华著. —沈阳：春风文艺出版社，2019.2（2021.1重印）

（中国诗人）

ISBN 978 - 7 - 5313 - 5587 - 8

Ⅰ.①献… Ⅱ.①萧… Ⅲ.①诗集—中国—当代 Ⅳ.①I227

中国版本图书馆CIP数据核字（2019）第028775号

北方联合出版传媒（集团）股份有限公司

春风文艺出版社出版发行

http://www.chunfengwenyi.com

沈阳市和平区十一纬路25号　邮编：110003

永清县晔盛亚胶印有限公司印刷

责任编辑：韩　喆　　　　　　责任校对：于文慧

装帧设计：琥珀视觉　　　　　幅面尺寸：125mm × 195mm

印　　张：6.5　　　　　　　 字　　数：118千字

版　　次：2019年2月第1版　 印　　次：2021年1月第2次

书　　号：ISBN 978-7-5313-5587-8

定　　价：45.00元

总　序

中国是诗的国度。千百年来，人们沐浴在诗歌传统中，传诵着一代又一代诗人写就的经典之作。而伴随着现代社会和互联网的发展，信息的传播和接受更加便捷，诗歌的阅读与创作方式也在潜移默化中被改变，在信息量无限扩大的互联网世界，远离喧嚣、静赏诗意显得尤为珍贵。

中国诗歌网正是在这样的背景下应运而生。作为国家重点文化工程，中国诗歌网以建立"诗人家园，诗歌高地"为宗旨，迅速成为目前国内也是世界诗歌类互联网专业出版平台和中国诗坛最具权威性和影响力的文学阵地之一。

互联网时代诗歌创作的便捷激发了一大批诗歌爱好者与诗人的创作热情，他们在公交车上写诗，在工作间隙写诗，他们创作的诗歌作品贴近现实与生活，在追求好诗的道路上不断前进。春风文艺出版社有着久远的诗歌出版史,《朦胧诗选》和《汪国真诗词精选》曾一度畅销。近两年,春风文艺出版社一直致力于打造优质诗歌的品牌。本着推介中国当代诗人的原则,中国诗歌网与春风文艺出版社决定联合推荐出版"中国诗人"诗丛,共同打造"中国诗人"这一诗歌新品牌。该诗丛计划出版百部优秀诗集,在注重诗歌质量的同时,力求结合互联网与传统出版的优势,通过直观的文本呈现向读者介绍一批热爱诗歌、坚持诗歌创作的诗人,以期汇集中国当代诗歌优秀成果,展示当代诗人的创作实绩与创作风貌。

作为国家文化工程的中国诗歌网,推出"中国诗人"诗丛,也是在整个民族复兴的伟大进程中展示中国人崭新的精神风貌。因此,我们在百花齐放的诗坛,特别关注有家国情怀的厚重力作,提倡来自生活的独特发现,鼓励创新探索的艺术精品,推崇高雅纯真的诗情意趣。我们希望这套"中国诗人"丛书是体现诗坛正能量,能够引人向上、向善、向美的诗歌佳作。

我们满怀期待,我们也真诚希望广大诗人和诗歌爱好者关注这套诗丛,与诗同在,我们为此感到自豪和幸福。我们期待更多的诗人加入我们这套丛书,我们也期待这套丛书走进更多读者的心田!

叶延滨

2017 年中秋前夕于北京

目　　录
CONTENTS

第一辑　爱或者当歌

目　录
CONTENTS

目　　录
CONTENTS

目　录
CONTENTS

第三辑　泉或者琴声

目　　录
CONTENTS

目　　录

CONTENTS

第一辑　爱或者当歌

母亲的稻子

世界好风好水时
大地收获在望
母亲好年轻哟

打谷是最累的活
母亲把稻子高高举起
落下粒粒黄金

一天的太阳
在母亲手心升起或西沉
幼小的我们等待母亲回家

母亲举不起稻子的时候
我们已长大成人
母亲举起自己满头白发

母亲衰老了
不再种心爱的稻子
最后就把自己种进了泥土

荷　塘

荷很远吗
只隔一条路的距离

蜻蜓无声的吻
掀起无边的水波浪

一条如玉般的手臂
扎下生活深深的根

花开就开了
为何引得满池笑声

躲在暗处的那个人
你会在哪枝莲蓬上醒来

采摘时手握得住对方吗
只需一记闪电的速度

不经意的船闯进了绿色

该泛滥就都泛滥了

泪是看不见的

远处鼓噪着一片蛙声

那一朵花在春天开了

那一朵花在春天开了
开在春天的眉下
只需眼睛一眨
大地便泼墨作画
一叶子举旗在前引路
更多的叶子在后灼灼其华
翩翩起舞的枝头
就演绎了一春的童话

那一朵花在春天开了
开在爱人的窗下
枯了一冬涸了一冬
其实等待一生的佳音
早已从内心出发
炫目的海棠红
成了春天大路上
醉人的酒吧

那一朵花在春天开了

开在应时的当下

看不见的春水

在远方泛滥奔涌

纵有暗香浮动

心里的堤坝已筑牢

所有的坚守只为了

催生来日的绿叶红花

今夜我们不能相见

今夜我们不能相见

经历风狂、雨骤

不管你在天边还是眼前

皆不能把我们隔断

追寻千万里不停歇

处处碰壁也心不甘

所有思念都在今夜归集

开动向你出发的夜船

今夜我们不能相见

走过高山、大海

已错过今生最好的季节

再也不能蹉跎岁月

花期正当时

树根向下抓紧大地

枝叶舒展妩媚天空

心上彩虹搭起寂寞两岸

今夜我们不能相见

沐浴阳光、欢乐

掌控现在，把握未来

勇敢地跨过世俗的门槛

为了爱的美丽绚烂

让双手放飞的鸽音

使相聚不再遥远

牵手千里共婵娟

小 房 子

这世界很小
小得像一间小房子
一昂头就杵齐天
一踏脚就钻入地

小房子很大
装得下两个人的天地
彼此的降落起飞
都是自由的大机场

小房子很小
小得只有一只杯子那么大
偶尔龃龉生嫌隙
就容不下两件事一句话

小房子很高
为了追求理想事业
两个人互相给力

比翼双飞

小房子很低
低得两个人没有距离
深情牵手
在寒冷的时候相互取暖

小房子很远
在看不见的地方昭示
心与心的呼唤
那是一种守望和期盼

小房子很近
在这人海茫茫中
相爱的人在受伤之后
能回去的家

红豆花开

只因生命有裂缝
阳光朗朗照进来
只因爱情有沃土
一树红豆才花开

只因生活有色彩
我俩牵手向未来
只因付出有收获
红豆花谢又复回

只因世界太诱人
目光所引多徘徊
只因坚信一条路
相思红豆一生在

红豆是黑暗中的亮

红豆是手

两双手握在一起

互相给力

擦出火星

点燃了黑暗中的亮

红豆是心

两颗心碰在一起

彼此取暖

驱赶寒冷

呵护着风雨中的亮

红豆是眼

两双眼加在一起

目极远方

生长希望

掌控住一生的亮

红豆是路

两条路并在一起

共同搀扶

走过坎坷

拥有了一生的亮

红 嘴 鸥

红嘴鸥千万里飞越
从西伯利亚到宜宾三江口
为了一种不舍的情缘

你来还你曾许下的愿
给我一个红色的飞吻
羞红了我枫叶一般的脸

水波之上翩翩起舞
舞醉了一条大江
也生动了江边那个人的眉眼

一年仅相拥一次
像过一个隆重的年
春天后又迁徙扯痛心肝

你的目光如纤索
拉动了一队队千吨级船舶

到中流击水是你抒写的诗篇

站在礁石上听候佳音
你梳理羽毛低语
重重诱惑也气定神闲

美丽的风景线
深深藏于内心
但一展翅就花开世间

我爱棉花

众花之中
棉花最朴素实在
给人御寒和体面
让你潇潇洒洒走人间

众香之中
棉花最悠远飘逸
不论白天黑夜
使你心存善念天地远

众色之中
棉花最直白简单
总是丝丝缕缕
给你几多思绪爱无边

众情之中
棉花最率真坦诚
没有弯弯绕绕

醉你红尘飘飘赛神仙

棉花是草根之族

既可布衣立世

也可衣锦还乡

生活万象守住本心不变

我要牵出内心的马

你偏安一隅
光吃草且贪睡、懒
牛可以犁地
你是马，咋不思进取
躲着不想见人

我要牵出内心的马
让你奔驰
马踏飞燕
四蹄溅起的云朵
云卷云舒

我要牵出内心的马
使你放浪
天马行空
我血脉贲张
要努力跟上你前进的思想

小 蜜 蜂

嗡嗡嗡嗡地叫

比街上的老年腰鼓队还要妖

搓揉庸常的日子

敲敲打打补补褛褛

打理之后缤纷艳丽

小蜜蜂掠过花海

满嘴甜言蜜语

把别人偷偷开花的心事

一朵朵晾晒于众人的面前

生活就是要酿啊

借一辆春天的马车上路

借一辆春天的马车上路
带上我的身体
带上我的思想
带上我的行李
在自作多情的春天里
响鞭一甩风云激荡
马车欢快地飞翔

借一辆春天的马车上路
进行一次远征
前路或许有阻
天空或许有霾
或遇风霜雨雪
嗒嗒嗒，上路吧
别管那么多
风景永远在路上

借一辆春天的马车上路

车轮碾动，红尘滚滚

奔向既定的目标

即使曲折坎坷

也在所不辞

待我有朝一日打道回府

归还所借马车

我要把曾经的故事

深埋在永久的春天里

我在你无路的地方修一条路

在你无路可走之时
我去修一条路
让我心爱的人走
容得下一双脚
容得下奔跑

斩掉荆棘
清除杂草
捡去石块
我不怕流血流汗
奋力修一条内心的小路
让我的爱人走

一条小路一生去走
多年以后猛一回头
即使地老天荒的时候
我的爱人都还在走
美丽动人地走
鹏程万里地走

怀揣春风的人

你的梦并没有比别人美
怎么就成了怀揣春风的人

举手投足间万紫千红
桃花就自自然然开在脸上
你早在天寒地冻的时候
一定就把春风的种子播在心里了
只待春风慢慢发芽
长成春风后随你意气风发

你的路并没有别人顺
怎么就成了怀揣春风的人

一落千丈还神采飞扬
一生艰难而不染忧伤
你知难而进、化危为机
仍是铁马秋风、山高水长
笃定抱诚守真
写下电光石火的壮丽诗行

放 风 筝

把虫拿来比
把鸟拿来比
比谁能飞得高

情之起
一往深
而至挚

我暗中喂我的虫、我的鸟
我暗中给他们加油鼓劲
我要赢

即使我输了
我的泪
也比你们飞得高

脉

封冻始终是有期限的
打破坚冰
只需一个小小的动作
昨夜星星一眨眼
就泛滥了一条大河

给你写一首诗吧
给你唱一支歌吧
河流从远方来向远方去
从无中来到有中去
你从天外来进我心里去

大地铁板一块
只因有永远奔跑的目标
你就能冲击一切
恣肆汪洋
切割山川
唱着自己的主旋律

听黎族青年吹叶笛

一片绿叶

在清风中飘飞

在槟榔谷游走

怀春的男女

眼波荡漾

喊情开花

一曲天籁

淋过三月三的月光

和着泉声奔泻

邀请百鸟

收拢翅膀憩下

参禅入定

梨花似雪

是谁一声喊
你就长着翅膀飞来
在枝头
聚成一片雪白

梨花似雪
一阵风吹来
雪白的掌声响起
暖了我今春的心绪

冬已去
雪不再
你把自己花开
等着我来爱

梨花似雪
大地上的花鸟画
画笔舞动

诗情就飞扬起来

花花花

飞飞飞

原野里浮动春潮

期待着梦想成真

蜡　梅

一柄香的软刀子
把天地杀得
雪花纷落

在银白的世界里
枝上的黄蕊
就那么耀眼

鸟语翩翩

展翅就把天空遮蔽
鸟语超过了任何美好的声音
不信你问人们的眼睛和耳朵
眼睛说鸟是天使
耳朵说鸟鸣是妙音

鸟歇憩于枝头
就把天下收于羽下
风雷已不在
世界归于平静
偶尔的几声鸟的私语
就让你我想入非非

不管是燕语莺声、鹦鹉学舌
还是风声鹤唳、欢呼雀跃
大地万物在鸟鸣中上下起伏
只愿只言片语的鸟语

让心灵染绿、清洁

再遇到不好开口之时

我们就鸦雀无声吧

东海，水晶之歌

从大海出发
从未知的彼岸出发
云彩上的一条路
指向了光明的远方

如箭的目光
穿透宇宙的黑夜
养心的水玉
插上了飞翔的翅膀

母亲在召唤
喊着儿时的乳名
故乡的梦和花朵
乘着水波如莲开放

有缘，等待只为信念
牵手永恒的爱恋
无色、紫色、黄色，各等色彩

都是我忠贞的颜面和纯洁的呈现

面朝大海，幸福浪漫
一切的美好和向往
都是我虔诚的追寻
把我的至爱变成丽质耀眼的晶

妖娇娇、水灵灵的仙子
高贵的晶王释放能量
只手轻提闸门，一泻
吉祥之光便洒向天边

修炼从肉体欲念开始
最初的力从脚下聚起
收罗起世界的风雷闪电
藏于内心，如佛肃穆

行走复行走
一种高在高处闪烁
一种远在远方招手
从里到外唱着亮堂的歌谣

生命的痛和思（组诗）

一粒结石

内心的水土
是一片庞大的江山

结石打马而来
钻血钻肉跑进你的领地

它想让你痛立马就痛
偏不事先给你发通知

结石是你的伙伴
撵走它又会来

结石一生
只为你生命做证

一段枯枝

曾经发芽长叶
生命随梦而舞

万千岁月长
电闪雷鸣过
只在一瞬间断裂

刻骨的伤痛
明晰的疤痕
多少人曾记得

很久以后
一段枯枝
或为薪火或为泥土

坟　墓

不再说什么
不再想什么

也不再行走什么
有什么如没什么

一堆黄土高过天
一丛花草开得艳
一群鸟语闹得欢
世界的表情永不变

无语者无语
远行者远行
似乎皆归于寂静
实际上并不是最后谢幕

生活还在继续
你一直在亲人们的心里
对你唠叨了千遍万遍
你却一味地沉默

第二辑　梦或者遇见

美丽者无敌

题记:舞蹈《鼓舞》,是在鼓上跳的舞,既鼓舞自己也鼓舞着别人。廖智是"5·12"汶川特大地震的幸存者,一个双腿截肢的舞者。

红绸带舞起来

点燃新生活的火光

以残肢做鼓槌

清除内心的废墟

舞动的生命

擦亮了黑暗中的亮

舞姿翩翩

断翅飞翔

是一种坚不可摧的力量

播撒希望的种子

绿了心灵,生长不屈顽强

让所有的梦想在大爱中飞翔

勇者不惧，美丽者无敌

一面奋进的大鼓

被众手托出的中国红

铺展在巴蜀大地上

从悲壮走向豪迈的四川人

引领着气吞山河的大合唱

行走的雪

一片一片的雪
手拉手成铁的队伍
雪成为一支利箭
在无畏地前行

雪把山踩在脚下
就成了主宰这里的王
任尔风狂
雪可以把山搬离

赶集的枪声炮声
骤然响起或沉寂
雪在飞舞
舞动正义的光芒

信念支撑着脊梁
坚定地向前走
不仅仅是为了自己生存

更是为了这个国家和民族

这本没有路
是无数牺牲蹚出来的路
雪前仆后继
变成了血开成的路标

因为很远很远
才把它叫长征
把旧世界砸开一条裂缝
让阳光照进来

雪的根在水
水是伟大的人民
工农高擎的旗帜下
聚起改天换日的力量

二万五千里长的雪
红星闪闪一路向北
当人民迎来胜利的欢笑时
雪悄然化为水滋润大地

泥 土

这些衣衫褴褛的人
像草一样低微
也吃草根啃树皮
穿越无穷沼泽

像种子一样
撒在贫瘠的土地
一点点星火燎原
就红遍了荒野

当时的匍匐
是为了将来旷世站立
当时的曲折
是为了迎接光辉灿烂

一条道路的揭示
泥土加上水
再加上火

就是一幢宏伟大厦

重建理想社会
必须信仰人民
就有生生不息的泥土
打造不褪色的江山

成吉思汗陵

宽大的土地
肉眼无法丈量
只有疾如闪电的骏马
一步踩踏而过

宽大的屋宇
主人今安在
收藏的弓箭落满尘土
夜夜发出呐喊声

宽大的夜空
星星在闪烁
但最亮的
也只有那么几颗

跃马腾空的大汗出征了
无际沙漠深处
一颗不败的英雄心
激荡在万古时空

大汗的铁牛阵

一群奔牛的阵势
杀气腾腾
铁蹄来去如闪电
但草尖上的风声
把我刺疼

向死而生的勇士
人头落地
拓展了疆土
人心变硬
却擦不尽血痕

不断疯长的植物
与地上潜藏的生灵
若干年之后
一个王朝
寂寥无声

山东行吟（组诗）

登 泰 山

风是抓不住的思绪
石级路是在线的人生

向上望
把一座山望高了
向下看
则把所有人看小了

当胸中的大山坍塌时
大地就没有丘壑

生活的哲学
往往是换个角度
就可以把世界
重新规整一遍

悟 崂 山

站于崂山
面朝大海
心中百花飘香

道士的穿墙术
是传说中
留下的一丝冥想

阴面之于阳面
推倒心中的墙
三两步就是天堂

访 曲 阜

如果把自己种成一棵树
或许可以变为一片森林
如果把自己铺成一条路
或许可以走出一支庞大的队伍
如果把自己孵成一只鸟
即使乌鸦也遍地福音

如果把自己变成一种思想
就开掘了一条奔腾的河流

临 青 岛

一只大鸟
站在海边
成一座生动的岛

海风梳理羽毛
我衣襟飘飞
海鸟眼前欢叫
让我神思缥缈

海水蓝蓝
满世界花朵
春天的翅膀
驮着我一往无前

孔 林

占地三千八百亩的土地

仍在生长着旺盛着什么

坟茔藏在树丛中
春风处处
吹不走历史的烟尘
挡不住古往今来
众多前去祭拜的脚步

一株株古柏
无言直逼苍穹
时变的流云
已被论语之剑
杀伐得如雪片飘落

面朝大海

岛屿是大海的头角
临海楼群是大海的胡须

比潮音更响的是我的脚步
比帆船更远的是我的目光
比浪花更柔软的是我的善良

比海水更咸的是我赞美你的泪水

海边垂钓

面对大海
钓什么
无数浪花
几艘帆船

向远方
能否钓起
沉没的岛屿
和如花的新娘

心事被咬钩
钓起泪水一长串
希冀被提起
放逐欢叫的海鸥

夕阳下
几个清瘦的垂钓者
踏上影子拽动的归途

听冯满天唱歌

灵魂被敲响

古韵悠长

琴痴冯满天

你为何事这般忧伤

怀抱一把古老乐器

自制的中阮

自弹自唱

长河、落日、大漠、孤烟

苍凉、厚土、雪山、巨川

流水一般地来

淹没我们的思想

为什么是《乡愁四韵》

唱响中国声音

刨出胸中块垒

瞬间把大家泪水打下来

冯满天自己设定的高峰

随指尖茁壮成长

酒一样的长江水
血一样的海棠红
信一样的雪花白
乡愁的美自远天而来

抵 抗

我可能抵抗不了
太阳的火，月亮的水
也可能抵抗不了
别人眼里抛出的绳索
嘴里扔下的砖头

用肉身抵抗着疾病
用枯枝抵抗着花朵
用云彩抵抗着气流
其实，有时的抵抗
真没有一点点力量

让精神摆脱捆绑和诱惑
放弃妄念，去歇息或安睡
我用轻微的鼾声
成功抵抗了黑夜的侵袭
也抚慰了寂寥的星辰

读苏东坡

一生的月亮总有些冷
但总祈愿千里共婵娟

意气风华人生得意
突然在荣华富贵之时
跌入乌台诗案
落魄丢魂一文人
屋脊的乌鸦并不知情
死亡边缘获得重生

黄州的东坡是块坡地
种粮种豆也种精神
安放着一颗贬官的心
于是用别有韵味的词
和挥洒自如的《寒食帖》
抒写块垒放逐灵魂

饱经忧患终得悟

要把身心交给自然
回到当下生活中去
千年时光流转
留下"赤壁"光辉
黄州是东坡先生的诗歌地标

东坡肉、东坡饼本为度饥寒
就是这些草根的温热
暖了一颗同乐民间的诗心
不追随、不盲从、不献媚
该是一种怎样的胸怀心境
为此成了异类而命途多舛

精神世界与现实世界纠缠
但救世希冀成为人生底色
润物细无声才是大爱
官衙的空洞不如民间的热旺
西子激浪、苏堤柳青
留下德政泽惠众生

东坡笠挡不了东坡的雨

海南远，还得回京受命

人影在地，飘忽不定

但笃定：我心安处即故乡

一路走过一路风景

超越时空留下一个人的声音

要能去远方

就把自己打造成一条河吧

草 鞋

一串草鞋挂于老墙
它若一行走
便是山高水长

草鞋里
藏着月亮、星星和风声
藏着光芒、温暖和泪滴

草鞋看着时光的深入
或浅出
还有美丽或凄婉的故事

省图书馆

在繁华的闹市区
汽车拥挤的道路喧闹
而一列蚂蚁般的队伍
正在朝一幢楼慢慢前行
这些书虫
把行囊抛却
把心灵带在路上

书中自有千钟粟
书中自有黄金屋
书中自有颜如玉
这是美好的愿景
擦亮黑暗中的光
点燃寒冷中的暖
发掘无限的希冀

这灵魂的栖息地
是真真切切的

有绿地、森林和花海

有鸟鸣盈耳

有溪水潺潺

有宁静的港湾

有远方的归帆

这些书虫

带着梦来

追着梦去

耕耘着内心的土地

与世界的鼓噪无关

与天空的颜色有关

与我们精神的富有有关

手 与 脚

分工就是分家
手脚各自为阵

有时手可以抓天
有时脚可以踹地

手也有所短
足受制于鞋

手不管多么得势
却把人生的方向交给了脚

手只为讨一口饭吃
脚却为使命一生奔波

寺

寺在高处
枕着一寸山河

打着身体的马上山
带着尘世一桶铁锈
和骨头里的痛痒
以及喉咙里未吼出的歌谣

高山寒彻苍然
云朵变幻其妙
鸟儿振翅飞语
钟声敲打石壁

左右
上下
里外
短长

下山必须低着头

否则要失足跌入深渊

累了歇下纵目远眺

看山看水释怀心中块垒

人生在寺

寺在路上

每个人都要打整好各自归途

僰人悬棺

僰

这个字长满荆棘

许多人会把它认错

就像僰人留下的悬念

万仞绝壁之上

几多悬棺孤悬

是想证明什么呢

几声叹息从天空掠过

生命的根不抓土

却把岩石紧紧攀附

一个民族的远遁

隐去了刀剑的血痕

一抔黄土可埋身

一草一木皆可兵

所谓的天下大事

尽在一念之间浮沉

要与日月争辉吗
要后人千年仰望吗
即使你是犪侯国的王
也该在民间开花结果

冷硬的风
也许真的无法柔和
谁能步你后尘
看未来命运谁可掌握

一朵云能飘多远
一口气能出多长
鸟的翅膀
能否驮起你沉重的梦想

一盏灯灭了
一盏灯又亮
黑暗中的眼睛
看到了一个世界的惊叹

也许山盟海誓

就为了一个目标

也许内心的希望

就藏在那片明亮的月光里

不知你过去如何鼎盛

也不知为何惨烈消失

许多的谜不解

我只读懂了你几根傲骨

古　镇

槐花落满的古镇
被昔日的马蹄踏响

一条长江飘着酒香
一座老宅藏着琅琅书声

麻雀嫁女吵闹的晚景
藏进一枚夕阳

娶亲的队伍豪迈走过
五颜六色羞了天上的云彩

悠悠岁月
在一杯酒中荡漾

兴文石海

谁打的一个哈欠
就把海底顶上了山峰
谁落的一滴泪水
硬让大地砸出个天坑

采药老翁一眨眼
石头就长成了森林
顽皮男童一股小泉
潜龙就游入了地心

石头能唱歌
这不是什么传说
奔腾蜿蜒的道路
把山花烂漫得激情如瀑

苗家阿妹山歌响起
石头里的鱼儿开始做梦
挥手捉住今生的爱

那朵花在心中长满绿意

我按住自己飞翔的翅膀
但按不住思想中的一枚贝壳
从深海里出发
随地壳运动站上了山巅

在高山上饮酒吃茶

摆开桌子椅子

就是天下

几个人围坐一起

就开始勾画世界

饮一口酒

就醉了千古风月

吃一盏茶

就生吞了一条溪流

呼出一口气

变成五彩云霞

哼唱几句歌

就唤醒了沉梦中的远山

吐纳之间

一只只鸟儿窈窕飞出

四顾之处

山花烂漫花语如潮

邂逅几个美女
那是下凡民间的仙
偶见一队帅男
犹如竿竿青竹玉树临风

清醒或小醉都在江湖
挥手之间此去经年
且不说人生苦短
群山之巅有不倒的信念

回 乡 记（组诗）

老 水 井

老水井本来不老

进出，上下，挥汗

辘轳转动，一条绳索

命悬一线

被男人女人搅起三尺水浪

劳动的场面

成了我童年的景观

老水井已经深埋地下

曾经的汩汩清泉

在乡村里是多么朴素甘甜

人们把水缸挑满

就如把酒缸灌满

醉了多少家的梦境

起舞翩翩

我站在那里望什么

在春天归来之前怀想

人们已不再需要老水井

家家的机井成了自来水

哎哟，我的老水井

为什么一些老的东西

总叫我内心忧伤

故 乡 河

曾经的船家

打鱼经过

曾经的船队

风风火火

一条河就那么很生活

曾经的向往

总离不开你的波宽浪阔

那些水跑到哪里去了

把一条大河瘦成一条小河

没有帆影，没有船歌

没有成群结队的小孩子

嬉戏的欢乐

一些垂钓者放着长线

静静地守着可能有的收获

抓不住的岁月把额际变成沙漠

守不住的故乡河在心间淌过

挖砂船、采石船把美景无情阻隔

一条活泼可爱的河

变成一条死气沉沉的鳅鱼

流变的日子

总在一些你不经意的时候

给你意外的一击

老 房 子

在汶川大地震中

基本上所有老房子都退役

从老屋基站起来的新房子

不解我心事

像一个聋哑者站在那里啥话不说

我猜想那些土墙泥瓦
一定有很多语言要表达
瓦片日晒雨淋，皮肤灰黑
土墙上我曾经钉过钉子
它肯定自己悄悄喊个疼
钉痕成了我心中一个伤疤

过去老房子陪伴我长大
风雨中仍有风雨
新房是楼房，坚固如山
自从老人先后去世
新房子也成了老房子
关着一屋子空气

偶尔回家
打扫卫生，开开门窗
让房子透透气
让房子活出生机
静静地听我
吟诵内心的山水长歌

几个坟丘

我的先人
远去的身影早已模糊
名字还记得
他们终归于尘埃

他们辛劳一生一世之后
只认领了自己一堆黄土
亲人来祭奠的时候
几缕烟云升空

天下黄土要埋人
这是生活法则
贤德功绩
写在后人心窝

阴间的路
是否不同
阳间的路
举旗帜狂奔打马走过

乡间的路

崎岖的山间小路
在我童年的蹒跚中
泪眼婆娑
天哪，路太长了

长大以后
背着行囊在雾中穿行
身后的故乡
被甩得摇摇晃晃

衣锦还乡，水泥路在车轮下后退
风景一掠而过
我感叹：生活的美景
为什么让道路越走越短

童年玩伴

一起玩过泥巴，捉过蜻蜓
抓过麻雀，爬过树

躲过迷藏，做过小小坏事

一起在河畔长大

漫长的日子中断我们的音信

多年后突然邂逅

要使劲地想想

才能把对方认出

陈旧的故事偶然提起

强作的笑颜已不真实

大家隔着肚皮说话

不痛不痒，心不在焉

彼此存在的陌生

显然是横亘着一条河流

变成了路人

童年玩伴再也不能玩童年

他们在四处打工

我在工作中拼搏

许多无奈，让一眼童年的泉

慢慢地干涸

在大洋洲（组诗）

海呀，海

有度量的南太平洋
把澳大利亚搂在了胸膛

一只大盆兴风作浪
一柄魔镜亦真亦幻
帆影遮住一片天光

大海汪洋恣肆
从眼前漫到天上
巨鲸喷出巨大雨伞

欢呼随之起伏
你举手向远方招呼
想邀约一个什么念想

好　鸟

一阵轻风起
一片会歌唱的树叶
静静落在身旁

鸟不怕人
它用脚与人握手
没什么礼貌
若即若离

风把门开条缝
鸟寻隙飞进屋来
扇扇翅羽
踱着悠闲的步子

捡地上的残渣
上餐桌抢食
问诸位先生女士
我们是朋友
可否坐在一起吃喝

这些教堂

什么叫静穆

去问这些哥特式古老建筑

细致的彩绘花窗

透着过去时代的理想

圣派翠克大教堂

十九世纪的宏伟庄严

在城里最好的地段

安放精神盛典

大门敞开向游客开放

几队人马悄无声息行走

偌大的立柱连着的厅堂

整齐的座椅空空荡荡

心灵有圣殿

灵魂才能安息

内心有禁忌

灵魂才能找到家园

牧师的歌唱引起共鸣
洗礼，都是精神上的

传说中的海盗船

帽子尖尖
胡须翘翘
漂在海浪上的大木船

有点英雄色彩
有点刺激惊险
但都是过去的故事

庸俗的日子常常瞌睡
每个人都有英雄情结
骨子里都想做一回海盗

疏芬山金矿

维多利亚淘金热
已冷却成一口枯井
百年前矿工的喘息声
还在我耳旁轰鸣

一对中国兄弟远渡重洋
寻梦之旅艰辛异常
一声巨响
发财之梦随之坍塌

游客可亲手体验淘金
雪白的太阳晃得双眼迷茫
此刻顿悟，即使有座金山
也未必是最好的人生

顾城的小岛

隔岸，远不是渔火
新西兰的一个小岛

不能安放

一个诗人的灵魂

黑夜中的眼睛

给了别人黑暗

也了断自己的生

拿什么去寻找光明

无名之岛因你出名

顾城的最后

告别了善良斩绝了诗情

叫无数人好痛心

小岛外水清波平

上有蓝天白云

空中布满鸟音

考验诗人们笔重千斤

裸体沙滩

沙质细白，海水碧蓝

黑黑的礁石

雪样的浪花

连绵的洁

洒满阳光的碎片

一只海鸥沉思

一群海鸥撒欢

鸽子们在悄悄爱恋

柔弱的水在朝岩石打洞

喷出水柱引来一片呼喊

裸露出身体

一种阳光下的透明感

不穿衣服都一样

难分富人穷人白领蓝领

区别只有黑和白、老和少

让阳光抚摩

让目光青睐

让沙子涂身

让海水拍打

咩地一声叫

咩地一声叫
朵朵白云就落在青草上
它们在吃草
我心爱的羊儿们

咩地一声叫
天上的羊群在奔跑
蓝天里藏着闪电
有我的诗篇要发表

咩地一声叫
心中的温暖在濡染
毛茸茸的毛，白嘟嘟的奶汁
一个劲地把人长高

生活中的匠人 (组诗)

磨 刀 匠

一把刀的锋利
从心上磨出来
石头成凹
刀变薄
薄才能搏击人生的厚

万丈豪情聚于刃
力来自心中那束光
这束光在刀上闪
在黑暗中闪
切割着生活中
所有的痛

银 匠

把月光的温柔

糅进一柄锤子

反复敲打

与圈圈在跳舞

忽闪忽闪

饰物戴在顾主何处

何处就扯着眼球走

目光掠过脸庞

一对耳环

让生活在左右晃荡

石　匠

石头埋在土中

要好眼力才能找出来

石匠有神功

从不惧怕

硬如铁的石

坚硬的锤錾打坚硬的石

是火星四溅的人生

到生命的最后

石匠的徒弟要为石匠

打造一座石头的坟

木　匠

从青山或田野而来

一根根树木

堆在面前

就成了自己的手脚

锛子斧子钻子锯子

样样指挥若定

分散的条块

一组合就成了一件件家具

你知道钉多烂木

长短方圆各持道理

其实雕梁画栋

才是你人生最大的山水

补 锅 匠

一口烂锅
常浇灭燃起的火
升起的希望

补锅时
需要把裂缝扩大
敲成一个个洞
然后加上一颗颗补丁

但有一点必须记住
补起总是个疤
千万别揭那道伤口
否则泪水长流

剃 头 匠

消逝在乡间路上的风景
早已不见你的身影

十八般武艺都得靠
剃刀剪子推子掏耳勺

这些草根人群
也是世间的匠人

让满头青丝
变成流云

裁　缝

生活的哲学
就在于剪裁

东一剪西一剪
裁去多余的
得来的却是精彩

生活的艺术
完美来自于缝补

棉 花 匠

面对花花世界
你弹
背大弓弹棉花
虽不是弹琴也有弦歌

别人需要就去弹一床
你弹的是一床温暖
而别人
弹的却是一床故事

我在大美梓潼等你（组诗）

文昌祖庭

陶醉于这个春天
山野里的红花黄花白花
人群中飘动的青丝白发
内心的世界地图一打开
大地就呈现出五颜六色
在七曲山大庙舒展画卷

文昌祖庭，历史厚重
古人智慧，像流水涌来
此乃中华文昌文化发祥地
秦砖汉瓦，古柏森森
青灯黄卷，浅唱低吟
洞经音乐，摄人心魂

古老苍劲的中国方块字
是天下华人飞舞的刀剑

每每写出的一个汉字

就隆起华夏山岳

每每说出的一句汉语

就潮起长江黄河

一方水土，一方神

思想之光穿越愚昧丛林

庙宇，神话，塑像，仪式

拜一位伟大而崇高的人

使这里有永远的山峰和月色

我必须献一束鲜花致敬

古 蜀 道

南方将尽，北地方始

平来坡往或坡往平来

高和低，都起自人心

四川盆地与秦岭山区相吻

南北分界，风云际会

金牛古道此为起点

三百余里莽莽苍苍

翁郁茂密的古柏在诉说

《蜀道难》哟，此段最险

山温水软的蜀地

摸爬滚打到这里

就有了高耸入云的剑气

唐明皇李隆基的闲情

贵妃杨玉环的泪眼

李白、杜甫、白居易等的名篇

江山社稷，皇天后土

远去的车辙与蹄印

驿马銮铃飘荡古韵

中国工程物理研究所旧址

有一念

就一定有其动人之处

有执念

就让天地增色

按住心中的雷鸣闪电
于无声处

纵马心跳
在"两弹一星"研发地旧址
仰望不可企及的高峰
邓稼先、王淦昌、于敏等巨星
他们在此工作生活数十年
留下的天空一片蔚蓝

人去矣，但浩气长存
他们在墙上的照片里站着
此时，让人不由得想到
什么叫归属？什么叫不朽
不经意中，谁执重锤一击
让你头脑迸出星星

梓江水势低调
诉说国魂往事
和风拂面而过
是谁洒泪默念
盖已成为历史的经典
其崇高与日月同辉

第三辑　泉或者琴声

风起的时候

风起的时候
路在走
顺手捎带的铃铛声
驮起了马帮的沉重

风起的时候
鸟在飞
背负蓝色天幕
鸟瞰世界苍茫

风起的时候
兽在跑
蹄下风云如水
磅礴狮虎王者

风起的时候
光在闪
昨夜掐断的火焰

第二日变成了太阳

风起的时候
情在长
邂逅的眼眸相撞
成就一阕旷世诗章

风起的时候
心在上
万千劫难风过耳
惊涛骇浪不迷航

芙蓉花开

已经多年了，我等着与崇高为伍
守着一堆堆砖头，还有树和草
开五颜六色的花
我内心的表白，不慎被大风带走
于尘世落土为家

我按捺不住心的跳动
随奔驰的车马穿越，摇响树上的银铃
普照，一丛花的秘密诏告天下
在水泥丛林的深处，发轫于微末
梦着梦出发

芙蓉花
城市掌心捧着的稚嫩的婴儿
岁月的流水在花蕊上曼舞
我要抓紧稍纵即逝的日子
借一米阳光以吟诗作画

花如佛，一切生命在场
这一切，也将去到很远的远方
恋着这无边无际的蓝天
让我的私语入夜与你同眠
与星星、月亮为伴

有一朵花里
珍藏着你的名字，频频在一粒钻石中闪亮
即使到了老年，也能找到你的初心和初吻
千年的执着，爱上了这座以花命名的城市
遍地花开，歌唱四方，永不放弃

飞 鸟

什么地方觅食
什么地方筑巢
什么地方歌唱
飞鸟有飞鸟的方向
飞鸟有飞鸟的逍遥

我把太阳踩在脚下
我把大山背在身上
我一飞就把云霞披上身
辽阔的天空是我的疆场
我的目标在远方

鸟儿你奋力地飞吧
我也飞，在天比翼
你笑我跟着笑
你流下的眼泪
我替你悄悄地抹掉
别打湿了飞翔的羽毛

川南第一寺
——流米寺

高高的红岩上
冬日里野荆花开几朵
寺庙静默耸立

流米寺的流米洞尚在
是警示世人戒贪
非分之物莫妄取

佛在门里
门在心里
心在念里

人人都背负有尘土
也许为那一点点稻粱
就折断了挺拔的脊梁

大地的脸

油菜的黄、麦苗的青
一棵棵树展开的脸
一丛丛草裸出的身
看起来像一块块补丁
缝合了一个冬天大地的伤疤
丰富了世界的表情

既不用笔
也不用墨
大善不言
仅在一念间
就绘就这千古不变的画廊

银杏树的秋天

长着一树茂密的叶子
就像举着一树小小扇子
号召一林子的银杏
一天天起劲地扇，扇，扇
终于把太阳扇凉了
接着太阳几声咳嗽
又大哭几场或连续多日
连绵的雨将江河灌醉
秋天就突然降临了

从心里长出来的秋色
是一点一点地改变的
或许来自那秋波的发轫
扩展成海潮一样广大的秋汛
于是把从酷夏过来的夕阳
脸蛋羞红，随之收敛起热烈
一对对情侣树下走过
树悄悄把簪子一样的银叶

插上他们的发髻

起风了
银杏叶在满天飞
把天地间舞动出万千浪漫
黄金耀眼，天地一统
童话一般的世界
人们的欢呼声被镀上了金子
真正是醉了，沉湎迷恋
这浩瀚的银杏林
将划动我一路向前的金船

自然飘落是一种优雅
银杏叶也一路高歌
而不带一丝伤感
这些蝴蝶飞飞落落
听命上帝的旨意
抱团成势，如佛禅定
聚起大大小小的金堆
高物有灵，为这个秋天着色
大地无墨绘就千年画廊

把爱写在树上的女子
坐在树叶旁等，面对苍茫
众银杏举着空阔的树枝
犹如举着自己的旗帜
对岁月宣誓
抛弃一切，不留片叶
以拳拳赤子之心
拥抱未来的冰天雪地
迎接大美无言的冬天

石 板 路

只记得
多少次被脚踩痛
石板路
消磨得凸凹不平

有人的脚轻轻走过
有畜生的脚重重踏过
有独轮车的轮子沉沉碾过
来来去去
有的来了又去
有的去了永不再来

记不得了
那些众多的声音和身影
只记得那次过花轿
新娘子落下的泪
为什么再次把我砸疼
内心忧伤无比

瓦

瓦还为泥土时
与小草们同一个身价
一旦烧制成器
就有了另外的禀赋

风雨来，能躲的都躲了
挺身而出的还是瓦
屋檐水点点滴下
是瓦在与天空说话

瓦是一个世界
打烂就遍地瓦砾
小则坏了一座屋宇
大则毁了一个王朝

瓦一生都是黑面孔
泥做的黑比白更有颜色
挡住身外的诱惑
靠的是内心生长的力量

玉 渊 潭

题记：玉渊潭由东湖和西湖构成，占地广大，地处北京西三环，紧邻国家发改委、财政部、钓鱼台国宾馆，也贴近我时时跳动的心脏。

东湖一只乳

西湖一只乳

两只乳大爱无疆

刚刚奶饱了冬天的白雪

转身又奶涨了这个春天

让大地春情勃发

东湖一只眼

西湖一只眼

两只眼顾盼生辉

看柳絮在风中飞舞

用鹅毛如椽的大笔

在天空中恣意作诗

东湖一面镜

西湖一面镜

两面镜影像魔幻

日月出没其间

今生的水波浪

激荡着世纪的风潮

瀑　布

心胸一敞亮

就像神笔在天地间一挥

大瀑布就从高处飞泻而来

歌唱

一会儿美声

一会儿又民族

激情奔涌不断

人生若静如死水

似乎等于白来

重生的飞珠砌玉

也不失精彩

即便日后瀑布干涸

也有空空河床在

也能草长风吹过

留下回忆往事的线索

那些青草

葳蕤的青草
大太阳下低着头
大风来左右摇摆
没个立场

那些青草
就像我和我的兄弟们
泥土中有我们的草根
供我们立命安身

青草渺小
让高贵者草长莺飞
牲畜啃食
野火疗伤

那些青草手拉手、心连心
不放弃，勿忘我
默默地坚守
由此才有了大地的盎然生机

海南之韵

椰子一根杆
献出一窝蛋
吮吸不松手
嘴里蜜蜜甜

情海浪里翻
潮头起心田
万物有生无
意志永向前

风把裙裾掀
八方来闪电
心劲天上飞
远方一归帆

游客不知倦
鱼儿戏浅滩
你来我往过
赐福天涯边

成都二题（组诗）

宽窄巷子

一阵紧似一阵的秋风

已把色彩铺向了大地

几株参天古树昂着头颅

淹没在高楼中沉默不语

一只猫呆立于门洞

顾盼生辉

一些马、孔雀等动物的雕像

被橱窗牢牢囚住

琳琅满目的商品

斗艳着各自的春秋

两把楠木椅子

静候着它的主人临幸

树桩处几枚卵石

在数落河流的不是
摩登女郎的塑像在古砖墙上
招蜂引蝶

喝茶，看戏，吃饭
度过闲适的吉年
把苦乐捏进了面人
闭目斜躺着掏一次耳朵

心有凡尘何以解忧
带不走的轻与重
都留在了这里
过着慢生活

窗花陈旧值万金
人已去何时归
一辆绿色脚踏车
是否为你带来佳音

长在壁头上的草葳蕤
陶罐里盛着昨日的泪水

芙蓉花是否应时开了

刷新着少城的记忆

请歇歇脚步

别让灵魂走得太快

喧闹的城市可以倚靠着

一片树叶静下来

求一个顺，求一个安

大道至简

人生大妙之处

在于窄与宽

成都锦里

小桥小溪

小房小院

小街小巷

踏青石方砖

打着灯笼

寻找到的各种小吃

把旧时光拽回了市井

正冒着热气

寒冬里的春风满面

枯黄的树叶飘零

并不影响心情

这里的小

藏着都市的大气

藏着人心的闲适

藏着小日子里的

一种超然

人语人声

鸟啼鸟唱

一双无形的竹筷放在锦里了

等你亲自动手

偶遇在流水边

一条命运不济的泥鳅

被白鹭叼在嘴上

翘起尾巴板了又板

说 长 江

能阻止它的奔流和歌唱吗
能撼动它的信念和坚守吗
绝不可能
长江的意志攻无不克

即使是一枚无名的石头
一棵低微的小草
心在岸
始终与一江春水为伴

前进是必须的
困苦不可幸免
别无选择
不然，它就不叫长江了

英雄就是英雄
即使也有末路
谁也抹不掉
历史长空留下的云影

长江之头

向远方喝几口雪山水
转头喷出一条大江来

一个深呼吸
舟楫复往来
一朵浪花开
水鸟如祥云

纤绳颤颤
拉起不沉的梦想
弱水三千只取一瓢
泽惠寂寞中曲折的航向

抛来一个秋波
就让怀春的人们春水荡漾
美丽绝伦的女子
在水汽迷蒙中出浴

故事的情节

在时空剧场上演
被琴瑟反复弹唱
那是今生的祝酒词

万盏渔火
撞落满天星辰
渔歌唱答
激浪万里长江

风流人物
从古到今
一滴水落
一首歌起

岸把河流送走
志在奔东海
水道揭示人道
灯塔在前方闪耀

江水切割过的山川
壁立千仞或瘦骨嶙峋
庄严永恒
坚挺了我流动的诗章

长江，十万匹脱缰之野马

长鞭一甩，打马归
行云流水，流水如诗
蹄声如潮
浩荡只为一部万行长诗

十万匹脱缰之马
一万里长江之远阔
我把心放逐
飘动三千丈长发
愁肠百结成一个个旋涡
横扫千军成一个个险滩
婉转低吟成一首首情歌
都是不可低看的生活

十万匹脱缰之马
该是亘古以来的潇洒
十万亩月光普照
十万顷龙门鱼跃

十万吨汹涌波涛

试折一枝长江柳

欲把长河做长笛

吹出千年江山风云

嘚嘚的马蹄

永不停息的马

头戴月辉，掠惊涛踏鱼脊

我不知道这一去哟

喊醒了多少受惊的灵魂

一路奔向大海，海纳百川

带去蓝色的希冀

成就我五光十色的梦想

我要放声歌唱

我要做我自己的长江

一杯酒中的乡愁（组诗）

一杯酒中的乡愁

酒城的夜色是这么深

上江北、下江北、老城区、南岸

四地相连，三江交汇起舞

月亮在万里长江第一城弹着月光曲

行着酒令，风、树也参与其中，围炉而坐

几座长江桥霓虹闪烁，眨着眼睛

激流歌吟的美声

散发酒的香醇来到我身边

而我此刻的乡愁

已被一滴玉露甘泉灌醉

飘飘欲仙

一条酒河

一座酒城

我沉沉睡去，阳光不锈的亮

让我在酒中一次次醒来

美酒无敌

以故乡的五谷杂粮身份进城
经一方水土滋养，凤凰涅槃
升华成一个崭新的形象
仍然丢不掉质朴的泥土香
远古日月、今晨露水、大江里的星光
把川南大地的优质资源携来朝贺
是对酒神的崇高敬意
崇拜一种水的力量

酒的芬芳是故土的芬芳
伴我身背行囊漂泊四方
随酒写下诗酒文章
随酒品出人生方向
在我心装下一片汪洋
翻江倒海地抒情
地久天长地厮守
生长阳刚、生长坚强

一杯酒在，一盏灯亮

不管道路坎坷或心有忧伤

我都要深情地把生活歌唱

当我老了，或者客死他乡

请把我葬在有水有酒的地方

干净的水、干净的情、干净的长江

就是我无限的向往

一生足矣，能长眠故乡，醉在故乡

时间的酒

我相信时间是被窖藏的

只需舌尖温柔一抿

再古老的时间也鲜活跳动起来

从白髯飘飘的蒟酱

到脚步蹒跚的重碧酒、姚子雪曲

再到青春勃发光彩熠熠的五粮液

酒的水袖万丈，随意一抖珍珠鸣响

时间睡在水中，那是时间的梦想

静静地等待被上帝唤醒

与时俱进，以五粮液家族的名望

众多俊秀姐妹

那是如花似玉的姑娘

来吧，让天下人来朝

这来自柔情若水的梦乡

十年百年千年万年

时间均不会老去

老去的是我的容颜

酒有品位、人有品相

满脸霜花不代表我衰老

满嘴酒气不意味我放浪

五粮液光芒四射，承载千年时光

他乡遇故知、金榜题名时

寿与南山齐、洞房花烛夜

人生的重要时刻都会闪亮登场

留下浓墨重彩江山秀

吟出千古留名美文章

来来来，喝干再斟满

唱大江东去，壮怀激烈

青春常在，心旌荡漾

英雄或平民，可举重若轻

隐藏内心的虎豹

万千硝烟尽在推杯换盏中

放倒的是肉体，站起来的是思想

最美的水，最美的云朵

你是最美的水

最美的云朵

五道闪电在我心中划过

留下日子的红火

水的形态、火的性格

水火相容的杰作

就是酒的形象

穿上浓香的大氅奔越

来自民间的仙者

长留大地的根脉

虽醉了若干王朝

仍是纯净的模样

一滴酒藏三千江河

一杯酒展万里乾坤

仁者无敌、智者不惑、勇者无惧

大路朝天大风歌

最美的水

简洁为一杯琼浆

最美的云朵

归一于一滴朝露

杯里有春江花月

心里有高山流水

云端上的路

霞光万道

一杯酒来儿女情长

一杯酒来壮士断头

英雄壮胆气

诗人命酒归

离江湖很远

离酒很近

离小人伪君子很远

离诤友真豪杰很近

我乃诗仙

酒为我精魂

大地行走

让我神采飞扬

一滴茅台天下香（组诗）

一滴茅台天下香

从赤水河出发的水
挥洒起来
就是李白的长衫
布衣的模样
就是中国的形象

茅台的魂灵
灌进烈火
种进乡愁
植进梦想
醉了天下潇洒诗章

不管显贵贤达
还是贫民乡野
茅台亲切扑面
倾吐朴素衷肠
依依情深去国怀乡

也许是少爷
也许是小姐
在庆婚的喜筵
怀上了春天的羊羔
一行动就无限风光

时间的价值
就是酒的醇香
可以把你的世界
捶扁或拉长
重出的都是一个崭新形象

看不见的水在流淌
闻得到的酒在歌唱
历史的褶皱中
不断长着酒苔
见人见天都万古流芳

一滴酒起，一盏灯亮
茫茫夜海指示方向
以一搏十，以短击长
碎片上的记忆被敲响

点亮心海一抹晨光

走吧走吧天地同当
饮吧饮吧日月梦乡
青铜酒器还是那么鲜亮
岁月的火把举起来
行走中的旗幡猎猎飘荡

酒的颜色

五千年文明
三千里江山
归于细微
一杯沧海

阳光的七种颜色
起于大地的根脉
一个长梦
在酒池中慢慢酝酿

泥土藏着神灵
天空播撒闪电

月宫不小心散落的甘醇
醉了天下诗篇

舞者的长袖
一拂动就变了江山
再一拂动
就改了天下百姓的容颜

风不动
雷不响
化干戈为玉帛
一杯酒尽天下安详

崎岖小径
被隐者的脚步踏平
飞禽走兽爬虫
皆收归于布衣者的内心

一滴玉露的故事

一滴玉露的悄语
可以对应一条大河的呐喊
也可以让一座沉默的大山
开口说话

一滴玉露的跳动
让金石可镂
让泥土站立
让花岗岩开出妩媚鲜花

一滴玉露的波光
如一盏火烛一闪
就把你的心摸透
让整个黑夜无限亮堂

一滴玉露的痕迹
被拖拉出的东西
也许是你藏得很深的尾巴
一不小心踩着也会生疼

一滴玉露的诗意
开启远古神话
封闭一个狂妄的王朝
让你的梦长出飞翔的翅膀

一滴玉露的长路
像一条鱼溯江而行
伸手抚摩天空星辰
触到灵魂中看不见的泪水

酒罐罐与蘑菇云

我是一尾1573年的精灵
洄游，追寻阳光的步伐
深入，在一个洞里安家
窖着，只为寻找一个机会

时间恍如昨日，才刚举杯
诱惑太多，但放不下那个梦
初如酒菌，不断厚重
长成青春不老的白胡子老人

生命的划痕，如圈圈年轮
一朵酒花就是万盏童话
或许生活的坛坛罐罐太多
要打烂它，才会有出息

等待中的耐心是重要的
目视着掌上变幻的星辰
历经苦难，玉汝于成

命中注定的总会有出路

天上的彩云灿烂无比
呈现出我内心的图画
即便我们五百年不见
相逢时的欢笑还会带着酒香

在泸州我想把自己像酒一样窖着

在泸州我想把自己像酒一样窖着
情感一杯酒
把它装进坛子
用泥封住
长时间窖着
挡住太阳一般汹涌的光
跋涉千山万水
待有朝一日
我要把自己磨炼成一枚钻石
献给爱人

在泸州我想把自己像酒一样窖着
才华一杯酒
把它大江一样收拢
缩成一滴水
长时间窖着
抵住急功近利的诱惑
努力耕涛割云

待时机成熟

我要把自己熔铸成一本大书

诵读明天

在泸州我想把自己像酒一样窖着

人生一杯酒

把它融进高峰体验

九死而未悔

长时间窖着

不愿一辈子只是一杯白开水

不忘初心上下求索

待天高地阔

我要把自己打造成一片花海

绽放芳香

事物及其他

夜晚寂静
一弯新月照着农家小院
一头母猪即将临盆
轻微的阵痛撼动了这家农舍

和风吹来，树影婆娑
沙沙之声盈耳，天地如此光洁
一只、两只、三只……
哎哟，下了十多只小猪崽

英雄母亲生了这么多小星星
该评劳动模范，黑夜不再黑暗
这家主人高兴地搓手
汗粒变成了天星

小猪们闭眼拱动
母猪开怀揽入，展示伟大的母爱
更像众星捧月

此时幸福感漫过猪圈，充满人间

天地之妙在于隐藏
隐匿在找寻不到的地方
但这些美好的事物
不经意间却在诗行中汩汩流动

第四辑　光或者乌金

读　煤（组诗）

01

我的火、光，像一粒种子一样
藏在浩瀚大山、无尽煤海之中
一粒火星一闪
我的生命的一个芽苞就灿烂打开

与太阳、月亮、星星为伍
因为有爱，就有亿万年的坚守和等待
信念的力量让煤在追梦中成长

似乎一切都是命中注定
前进是唯一的方式，只有前进才是活

02

沧海桑田之后，海水退却
柔弱让给了刚强，大山耸立

生命的高度被拔高
煤如赤婴降生

我幼稚的梦，像煤蛰伏
潜龙在渊，希冀飞龙在天
鲜花，绿树，虫鸣，鱼游，鸟翔

03

煤的高贵、纯净与它乌黑的外表无关
煤的风景在路上，在穿越中闪亮
雕塑成铁打的面目清新的金刚

黑夜和黎明频繁交替在我的血液中
涌动、叩击、锻造、辉煌
血液是火的种子、光的种子、爱的种子
是一切希望、一切美好的种子

04

现在看见的树木，也许是亿万年后的一块煤

现在活着的人，是以后考古探寻的一块遗骨

手执磷火，不要恐惧，它与萤火是一样的光

岁月轮回，天地倾覆

总有一种声音在前方召唤、响亮

其实，煤在世上风光无限

而掩埋了自己的苦涩和忧伤

一生离不开煤的人，是一群

一生当中都行走在石头内部的矿工

05

你看到的水，让其终身在你身体里流动，不腐

你看到的好山河，就在自己内心装下一片好山河

你把自己的人生也打造成一片好山河

无尽开拓，太阳鸟，日夜兼程，不知疲倦

神灯在前，变幻五彩光华

数字化指挥钢铁圆舞曲，妩媚浪漫

开启煤的现代神话诗篇

06

有时候难以分辨山与煤、你和我
黑土与乌金，认识你是燃烧的青春
驱赶寒冷，黑暗中的佛呀

山与煤都潜藏着，引而不发
箭之所指，是一片光明的领地
星汉闪耀，护佑着大地安详

07

女人从四面八方来到煤的身边
满身香气熏醉了满身煤尘的汉子
柔情似水淹没了那些汉子
鲜花烂漫，开在脸上心上不败

煤是工业之花，家庭之花
酷寒或苦夏，煤笑靥如花

08

山多情，煤也可爱
山把自己的多情掏出来
煤就走进大众生活
用火，用电，煤的热情扑面而来

内心有煤，即使行走在风雪之中
也灿烂，脚步铿锵，不蹒跚
风刮在脸上不冷，雨打在脸上不冷
行走多年以后，再回头，回味当初的温暖

09

山的伤口、煤的伤口很痛
也让与山与煤在一起的男人伤痛
还让倚山倚煤倚汉子的女人伤痛
泪是飘零的雨，幸福是结痂的欢笑

为什么我的眼里常含泪水
那是我金子般祈福的愿望

就像风中的煤尘落在你身上
在你身上发酵成铺天盖地的阳光

10

我看大地，煤在何方
坐轮船，赶汽车，乘火车，一路威风
义无反顾，浩浩荡荡

春华秋实，四季如常
却看不见煤一丝忧伤、一串泪行
烈火把我焚烧，让我搭上万千银线
走向远方，歌向远方

11

火焰以一种温情的面目出现
那是长空雷电温情的一面
面对纷繁复杂的社会生活，煤沉重
却心甘情愿，让你飞扬

最后，大地寂寞，山不寂寞

山寂寞，煤不寂寞

煤寂寞，生活不寂寞

朝前走，前方有欢歌，红红火火

12

天下的矿工，都是你我的亲人

煤是众土之王，矿工是众生之王

被喜爱的王，才是民间真正的王

煤宁静、淡定，但也誓言铮铮

大山，煤，我，躺在宇宙的怀里

写着动情的铁血的诗歌

让所有的付出，把大家照亮

把所有通向光明的道路照亮

煤唱给世界的赞美诗

很多时候我们泪流满面

因为有血有汗

不惧阴霾，不怵艰难

火炬般的青春

燃烧着我们的信念

生活的五光十色

让我们心怀忠诚，大爱无边

战胜不幸，战胜自我

豪迈走过一道道坎

舍弃了苦，忘记了甜

展现给大地一张张笑脸

很多时候我们春风满面

因为有情有爱

太多的创造，太多的登攀

丰硕的收获展现眼前

把和谐之花开遍

沸腾的煤浇铸誓言

山可以搬，海可以填

煤发出的电穿行天地之间

煤提供的动力让世界灿烂

逐日梦想，耕耘家园

铿锵脚步壮阔世纪画卷

很多时候我们豪情满面

因为有肝有胆

人生万丈光焰

中国的黑金地雄奇伟岸

追求不止，终生未悔

大地飞歌，绚丽诗篇

长江举臂，黄河呼喊

心中装下一片大好河山

我们的理想千锤百炼

奉献的精神代代相传

推动历史车轮滚滚向前

好大一棵树

井是一棵巨大的树
它把粗壮的躯干
茂盛的枝条
不断地伸展进了地心

大树迎风而长
把生存活命的氧
送到人迹罕至的地方
慰问那些开掘乌金的人

在枝上筑巢的是这些人
在枝上梦想的是这些人
在枝上唱歌的也是这些人
这些人精神饱满、内心阳光

这棵大树长满眼睛
从眼里射出的光芒
是一条条滔滔的煤河

是一列列奔驰的煤车

这棵大树是光明树
传播福音，点亮万家灯火
即使它背负黑暗
也终身在为人类奉献光明

抚摸鸟鸣

星星闪烁在遥不可及的地方
矿工头戴矿灯
还了大地一片温馨

在重重岩石的内部
响起了优雅的鸟鸣
像古寺的钟声
把亿万年前的森林唤醒
让今天的煤歌声嘹亮

在煤层筑巢的鸟
有着光明的内心
这打通黑暗世界的精灵
把我们沉睡的思绪唤醒

看得见我要鸟鸣
看不见我也要鸟鸣
这些音乐声

在为矿工百般地抒情

岩石变温柔

掏出自己的煤精

巷道来援手

奔跑出一条条乌金的河

在岩石中行走

能在岩石中行走

该是怎样的一群人哪

矿工们把大地掘个深坑

栽下一棵光明树

播下了温暖和希望

我的伤痛

只有煤知道

我的光彩

只有从煤身上站起的事物知道

我所有的奉献

给了天下吉祥康乐

那是内心不倦的歌谣

大地的肋骨

揭开头上厚重的云层
剔除生命的尘土与杂质
支柱，大气磅礴立于天地
岁月给了你睿智的眼睛
举起能够飞起来的梦

不管是木柱子还是铁柱子
都像列队整齐的士兵
挺胸昂头站得直
如果谁掉队不听命令
就将被乌金的家族开除

煤是亿万年前的树
煤是钢铁的血液
生命中的盐度、亮度与高度
都由支柱们说了算
尽管它们沉默如山

支柱醒着的不仅仅是大脑
包括身体的各个器官
包括每一寸肌肤
在伸缩进退中履职
在穿越腾跃中飞升

这些肋骨如果拆除
世界将瞬间坍塌
支柱们永久站立
直至大地成为一片废墟

可以亲近的黑花朵

锃亮的煤
令人陶醉的黑花朵

黑花朵盛开的时候
世间许多花都迎风开放
包括那些不开花的石头
岁月之书写就华章

黑花朵雕塑崇高和不朽
就连挨着煤炭的岩石
都具有了若干卡的发热量
黑花朵擦亮了矿工一生的荣耀

现代文明的黑花朵
燃烧着自己的骨头
这逆光而来的温暖
大路朝天，通向心灵的故乡

矿区时装秀

女人满脸红光，魅力翩然
在众人面前漂亮地走猫步
她们把舞台当成了灶台
铺展她们别样的才艺

台上台下灵动可人
有着秀色可餐的美丽
里里外外一把好手
专心经营着窑哥们的家园

春天的童话是这些女人演绎的
雀鸟般的儿女是这些女人放飞的
生活的色彩是这些女人描绘的
执着地散发出她们自己的光热

日子如流水在掌中漂走
这些女人，情意深深
用她们自己全部的爱
增添了世界的精彩

矿工畅想春天

草坪，阳光，鸟

鸽子停歇在身边

儿孙们像小鸟依偎

喳喳叫嚷

时光把矿工咬得遍体鳞伤

衰老不堪

身体是一匹马

但难掩内心万丈豪情

在煤海匍匐

在岩石中打坐

在无尽的黑暗里顿悟

走一条追赶光明的大道

矿工一生都携带着埋身的矿土

一生都在自己身体上打洞挖煤

拥星星入梦

看太阳醒来

按响内心的门铃
敞开内心的光亮
无怨无悔，奉献不止
把火焰拉回内心久久收藏

大学生矿工

事业之灯在煤的高处

很多大学生，有的是情侣

义无反顾地来到黑金地

女性坚守地面巧手操作控制台

男性鏖战井下掀起煤海波澜

选择煤矿就意味着挑战

是真金就不怕烈火熬炼

狙击世俗，超越自我

匍匐是为了更好地站立

根基深厚者才能承担大义

去提醒幸福，发现诗意

怀抱一缕春风上岗

在黑色方队把智慧演习

用鼠标指挥钢铁舞蹈

用信息化勾画未来宏图

光缆是条信息高速公路
在线监控，天眼开启
众多歌者隐身登录

白天与夜晚时空倒置
太阳与月亮不能相遇
两个天地，共创奇迹
点燃激情亮丽青春生活
矿山的黎明握在他们手中

寂静的夜晚

谁在手抚古琴
让流水漫沁我心
谁在执灯夜行
让我满怀激情

黑暗中的队伍
在黑暗中潜行
满天的星宿
点亮心中的明灯

执手万家灯火
守卫着大地的宁静
安于平常人生
睡梦中也有电闪雷鸣

煤的阳光

一把胡子的煤

告诉我

千年万年亿年的光亮

都潮水一般来到了今天

给你温暖

给你希望

给你信心

旷世而出的煤

青春的形象

此岸到彼岸

最早出发的地方

是葳蕤的青草和绿树

那是梦的故乡

身背行囊

煤走四方

唱歌或者飞翔

忘记血泪

忘记忧伤

诗意生活中

书写力与美

书写阳光

一匹黑马

长则亿万年
短如白驹过隙
一匹黑马入梦飞临

永不停歇的铁蹄
踏着风雷闪电
偶尔仰天长啸
诠释煤的写意
构筑内心独特的风景

沉默如铁的黑夜
是这匹黑马驰骋的领地
黑马对峙黑暗
怀抱一柄长剑
行走在月黑风高的夜晚

撩拨心中的萤火
一切希望都从这黑夜出发

在黑白世界

生命需要镀上颜色
冶炼生命需要把黑掺进去
把白掺进去
黑与白交融
才有这个世界的鲜活

天空的飞雪
提炼了大地的白
煤炭的光焰
生动了人间的黑

黑与白皆是本色
穿黑衣夜行是煤
穿白衣舞剑是电
侠客走长路

黑浇灌内心
怀抱亮光拥万千梦想

黑抨击丑恶
让纯洁美好充满人间

黑白相恋
结晶一轮皎洁的月亮
黑白相爱
生出翌日一轮朝阳

世间所有付出
世间所有情感
世间所有财富
皆被黑白的烈酒
灌醉于江湖

蒸汽机车头

二百年前的工业活化石
沉睡在矿山博物馆里

铁锈满身沉默如铁
把奔驰的梦藏于内心
狮吼、虎啸、龙吟
安抚了夜晚的平静

激情可以内隐
燃烧可以冷藏
车头的眼睛闭上眼帘
即可洞穿岁月的沧桑

等候那永远不可能再出发的小火车
该是一种怎样的生命禅定
过去两根钢轨像两条鞭子
抽打小火车像骏马一样飞奔

囚禁的火车头

未能囚禁住万古雄心

目光越过铁栅栏飞翔

因为关井闭坑了

老矿工的内心深处

只有在月光下酒醉的夜晚

欢腾的小火车才在心里

一列列隆隆开出

汽笛声冲天吼叫

在人间，做一块煤

把一切不合时宜的欲望压下来
不关乎银河乃至宇宙的兴亡，压下来
收缩为做一块煤的本能，譬如在大地上做一棵小草
低下去，低到不能再低的高度
我身在低处，在数千米地心深处，向上展望
人间的春暖花开，万家团圆

我原始的梦来源于绿色，以后
在地壳运动中，变成泥土的颜色，岩石的颜色
我一生不变的生命的颜色
我在奔跑中
我要带走一棵树，甚至一片森林的嘱托
我要带走一群走兽的心跳
不管是清晨抑或黄昏，艳阳或阴霾
雷鸣电闪或狂风暴雨，我将义无反顾

向前进的脚步永不停息，永远在路上
走向广袤的天地，广阔的人间，请别笑话我

稚嫩的想法，我想如坐春风，鹏程万里
但此生彼息，世界依然宁静有序
我的痛很清晰，爱恨也简单纯粹

在茫茫黑夜，乘着黑鸟巡视大地
在人间，做一块煤很好，千万年之后
煤尚有子孙，我不死，依然活着
就像飓风把大树刮倒，树叶像鸟飞上云天

大地的谜面太多，预言和真知都藏在里面
我的故事太多，可能你解读不过来
我想把太阳摘下来，打下火种让你揣进怀里
我想把月亮扳下来，打成银饰让你戴在头上
我想把星星拔下来，打成一盏灯让你前方照亮
这些美好愿望，让我九死一生
平添了我的无上荣光

给你吟一首诗吧，给你唱一支歌吧
找到忘记最痛楚、最无奈、最伤情的出口
那或许是你用喉咙大声吼的第一句开头
实际我应该沉默

笃定的沉默里，有我人生的顿悟

感应天地秩序与四季轮回
天地苍茫，寂静生机
我要大声说：爱！众生长成的悲悯
把我自然之子的赤心，全盘典当
典当给这个野心勃勃的时代
我呼吸，我流血，我活着，我歌唱

匪夷所思的各种念头，光怪陆离
但不能阻挡我虎胆熊心的穿越
把所有理想和希冀装进行囊
让大地接纳和庇护，万物皆受恩泽
行走天下，于滚滚红尘中
有你永生不能消除的胎记

我的青春，长成人间岁月的年轮
大地上的河流，让我额头荒芜，沟壑纵横
我最朴素的方式就是搭乘银线，点亮万家灯火
内心的欢笑是藏不住了，就算是忧伤的口哨
也可以在蓝天下驰骋逍遥，霓虹闪烁，我畅想

氤氲蒸腾，沐享其中，灵魂解脱绑带飞翔

铁打的生活，流水的矿工，逐渐衰老或新生的矿井
天轮转动，像我宣誓的旗帜，钢铁一样的思想
我用生命做帆，航行，有很多的梦想要实现
最后，归结一点，在人间，就做一块煤吧
温情脉脉，闪闪发亮
让人间永不相忘，直到地老天荒

我们是光，我们是火

——川煤集团之歌

我们是光，我们是火

平凡世界中有我，恢宏画卷中有我

跳动时代的脉搏，托起蓝天的辽阔

金戈铁马越秦岭，奉献能源，创造生活

我们是光，我们是火

美妙旋律中有我，奋进步履中有我

扛起大山的巍峨，挽起江河的磅礴

雄风浩荡出夔门，风雨同舟，勇敢探索

我们是光，我们是火

万家灯火中有我，人民欢笑中有我

擎起川煤的旗帜，灿烂阳光下集合

万丈豪情写辉煌，开天辟地，高奏凯歌

成就我们的辉煌

向上——有一种力量

正从你的脚下悄悄茁壮

阴晴圆缺寻常事

风雨阳光不彷徨

千锤百炼意志坚

高举旗帜路宽广

向善——有一种关怀

正从你的手里开始飞翔

寻找生活感动

满怀激情梦想

众手浇灌幸福花

谱写时代好篇章

向真——有一种境界

正从你的眼中走向远方

直面危险考验

永远追求理想

长江黄河向东流

众志成城创辉煌

向美——有一种期盼

正在你的内心绚丽绽放

根根独木变成林

条条小溪汇汪洋

天地越来越美好

和谐中国放光芒

记一位伟大的母亲

正道沧桑，触摸中国脊梁的硬度
公元1984年，一位八十四岁的老母亲
庄严面对锤头与镰刀的旗帜宣誓
实现了孜孜以求加入共产党的夙愿
她叫金永华，是红岩烈士王朴的母亲
儿子的光荣，母亲的伟大

也许有人难以读懂一位老人的选择
她曾经亲历：知道什么叫血与火
什么叫革命，什么叫牺牲
什么叫为共产主义奋斗终生
她在儿子的影响下、感召下
从一名普通群众觉悟成无畏的战士
为革命，她先后变卖粮食一千四百八十石
筹集黄金二千两，助推星火燎原
她创办莲华小学作为党的活动地点
经营南华贸易公司保障党的经费来源

那时候，革命像一棵树，很瘦

需要众心拥护，众手浇灌

她的行动，就是尽可能多地拿出财产

她赞同儿子的追求和理想

支持儿子走上特殊的地下工作战场

她的儿子是中共渝北区委宣传委员

一个战斗在国民党陪都的中共党员

1949年10月28日敌人重庆大屠杀

她的儿子与战友们呼喊着"共产党万岁"

视死如归，唱着《国际歌》大山般倒下

烈士们的鲜血，唤醒了民众跟党走

也让烈士的母亲信念如磐

新中国成立后，党组织不忘记人民的贡献

要向金永华归还她当初支持革命的钱物

这位母亲说："我把儿子交给党是应该的

现在要享受特殊待遇是不应该的

我变卖财产，奉献给革命是应该的

接受党组织归还的财产是不应该的

作为家属和子女，继承烈士遗志是应该的

把王朴烈士的光环罩在头上

作为资本向组织伸手是不应该的"

朴实的话语，朴素的情感
"三个应该不应该"凝练成一段
红色经典，磅礴天地的精神
教育后来者，启迪党的人
同向、同心、同行，一切都是为了人民
奋进，实现中华民族的伟大复兴
让党旗更鲜艳，迎接壮丽征程

站 着

——纪念赵一曼烈士

当初的小女孩拒绝缠足

面对那个旧时代站着

是白花镇的一枝花

在川南宜宾是那么耀眼

腥风血雨中

为理想站着

把那个黑暗的天捅个窟窿

透出红色的曙光

东北的白山黑水为她立碑

各种酷刑不能让她开口

骨头断了身躯无法站立

但精神站着，为信仰站着

生命定格在三十一岁

天使一般美丽

站在史册上光照后世

让那些跪着的人无比渺小

开　镰

这是个热切的词语
有钢火
把夜里鸟的呼唤
变成了今天的行动

丰收的喜悦
已被太阳烤香
奔跑的汗水
像小河流淌

这是个热闹的场面
无数飞舞的镰刀
无数跳跃的身躯
进行着多声部大合唱

好哇好心情
是挡不住的
把日子塞得信心满满
并像花一样自由开放

井冈山的红（组诗）

红米饭南瓜汤

革命瘦弱的时候

急需营养

也许只有细微的力量

才把自己的责任看得重

风雨中站出来的

是红米饭南瓜汤

强大的事业

有来自最底层的支持

泥土很卑微

但泥土能堆起世上最高的山

也可以把所谓的伟大和不朽

悄然埋藏在地下

红米饭南瓜汤

在战火中能养命

而如今仍是餐桌上一道菜

还能否品尝出激情

能否明白一个道理

忘本就意味着可耻

红　药

岁月之刀

割开历史厚厚的痂

一切的伤痛

皆红与白的队伍

信念有关

医旧中国的药

藏在民间

那些江西老表的家传秘方

让黑土地上的草、叶、树根

以一种朴素的使命集结

医治战争的创伤

扶助星火燎原的希望

待康复即可出征

从头来

重整旧山河

活着或死去

都为了追求光明与幸福

未来的世界

在浴血以后

迎来灿烂的朝阳

所有的红

鲜血的红

牺牲的红

信仰的红

所有的红

在付出以后

都是为了蓝天白云

山清水秀

人民安居乐业

所有的红

目标都指向远方

历经艰辛而矢志不渝

催生大地的绿

培植健康的绿

呵护永远的绿

红　旗

在硝烟中前进

或在山顶矗立的旗帜

因为红的指引

才异常生动

为什么一支支队伍

都在红旗下舍生忘死

为什么这红

必须由鲜血和誓言来证明

灵魂中有旗帜

就是大写的人

手中高擎旗帜

就有未竟的风流

红旗所指

希望无限

创造无限

护卫着万世江山

重庆歌唱

远天之水，逐波蹈浪
挟风雷而行是你创世的卓越
江城重庆，双重喜庆
大路朝天，放声歌唱

重庆周朝时为巴国国都
公元前361年，秦灭巴国，设巴郡
从简陋的石器到精美的青铜器
文明的足迹蹚过这片广袤的土地
从古钱币中远走的历史锈迹斑斑
古三峡人脚步蹒跚，啼饥号寒
廪君带领巴人走向强盛
巴蔓子将军断头，为民求安宁
巴人乐舞，錞于、钲、编钟、铃铛
一碰就响，水光闪亮，散发着历史的体温

1891年重庆开埠，标志着近代化发轫
1929年2月15日，重庆正式建市

拆城垣、修公路、兴市场、建码头

突破封闭向沿江发展，巴楚文化兴盛

城市变迁、商贸金融、工业崛起

战时首都到西南大区，历史的血痕

解放碑是重庆新生的名片

朝天门是重庆一衣带水的长衫

1997年6月18日，成为共和国的直辖市

城市在文明之路上铿锵前进

油蜡铺、老药铺、打铁铺、火锅店

弹花匠白头发白眉毛，老街上的棉花店

黄桷树下停过花轿，唢呐声悠远

吊脚楼下的大水缸，洗衣妇满面流汗

市声中的荣昌夏布、合川桃片

民居大多面临流水，背依青山，质朴自然

背篼、背荚、打杵子，爬坡上坎的草民们

舞动的风景，沉重如山

也唱戏、听戏，也唱山歌、哼小调

旧时的艰涩，遮不住生活的浪漫

逝者如水，水声激荡

呼唤着勒在峭壁上的道道纤痕

纤夫在急流险滩中吼出的号子

还响彻着伤口结痂的回声

世界第一古代水文站的白鹤梁题刻

水文文化举世无双，宝贵遗产

瞿塘峡、巫峡、西陵峡，长江三峡

两岸猿声拉不住远去的轻舟

最具人文情怀的大河峡谷

成为长江文明的华丽身段

百年寻梦，伟人浮想联翩

"当惊世界殊"，在三斗坪翻开新篇

花岗岩岩体上矗起雄伟的三峡大坝

大自然鬼斧神工的造化

现代科技改天换地的神奇

水运系于国运，时代在兴废中前行

库区百万移民，舍家报国

三峡工程旺盛了中华的血脉

当代李冰，一道深远而壮丽的天际线

一部水之书，中国壮举为世界惊叹

重庆是一座山水之城

山情水韵，大气若虹

山一旦站立就把头颅傲岸

水一旦流动就把妩媚亮眼

山环水让一座山城翩跹

山是红土，岩是红岩，钢骨铁胆

水是柔水，一朝成势，雷霆万钧

云起山峦，雾锁大江，云雨诗篇

重庆人大山一样宽厚坚忍的性格

大江一样豪放旷达的气魄冲击霄汉

我们的心灵如放逐的山水

我们的心灵开始歌唱的时候

世界正顺风顺水

重庆蓄势待发，砥砺前行

机会迎面而来：嘉陵江、长江

两江新区是国家级开发开放的重点新区

成为中国西部开发的新引擎

重庆犹如巨舰航行，对西部辐射带动作用凸显

这是万众一心创造和打拼出来的春天

绵绵不绝的历史文脉尽把重庆的风流彰显